ГОСПОДЬ
ІС
ХР
СПАСИТЕЛЬ

LE LIVRE DES EXORCISMES

PAR BRYAN, NICOT

ISBN : 978-1-4477-4162-6
Mentions légales : Lulu.com

Signification de la 1ère couverture : Christ Pantocrator (Slavon), sur l'Évangile ouvert en slavon : « je suis la lumière du monde, qui me suit ne marche pas dans les ténèbres » (Saint Jean 8,12).

JE BENIRAI LES MAISONS OU L'IMAGE DE MON COEUR SERA EXPOSE

CONSECRATION AU CŒUR DE JESUS

Ô Seigneur Jésus, saint et doux Amour de nos âme promis de vous trouver là où deux ou trois seront assemblés en et de vous tenir au milieu d'eux, voici, ô divin et très aimable cœurs unis et d'un même accord, pour adorer, louer et aimer, plaire au vôtre très saint et sacré, auquel nous dédions ensem consacrons pour le temps de l'éternité les nôtres ; renonçant p tous les amours et les affections qui ne sont pas dans l'amour de votre Cœur Adorable ; désirant que tous les désirs, souh aspirations des nôtres soient toujours conformes au bon plaisi que nous désirons contenter autant que nous en sommes capa

Composée par Sainte M

AVERTISSEMENT

Pour pratiquer un exorcisme, il faut un prêtre, ou, à défaut, une personne baptisée et d'une foi inébranlable. Surtout ne pas avoir peur car l'entité va le sentir, Elle peut essayer de vous manipuler et de vous faire douter, en particulier en mêlant le vrai et le faux.

Il faut savoir que l'exorcisme est un acte gratuit.

Les personnes concernées peuvent cependant choisir de faire un don. En effet, comme il est dit dans la Bible (Évangile selon St Matthieu 6,24): " Nul ne peut servir deux maîtres; car ou il haïra l'un et aimera l'autre, ou il s'attachera à l'un et méprisera l'autre. Vous ne pouvez servir Dieu et Mammon"(l'argent).

Sommaire

Définition de l'exorcisme et différents degrés

L'exorcisme est l'invocation faite au nom de Dieu afin d'éloigner le démon d'une personne, d'un animal, d'un lieu ou d'une chose. L'exorcisme peut être privé ou public, et ce dernier peut être simple ou solennel.

1-L'exorcisme est privé lorsqu'il est pratiqué par un prêtre ou par un simple fidèle, selon le pouvoir et le droit d'exercer ce pouvoir, sans aucune autorisation, conformément à la collation de ce pouvoir par le

Christ lui-même : « Et voici les signes qui accompagneront ceux qui auront cru: en mon nom, ils chasseront les démons ...» (Marc ch16:v17).

2- L'exorcisme est public, lorsqu'il est pratiqué au nom de l'Eglise, par une personne habilitée, conformément aux rites déterminés. A) L'exorcisme public est simple, lorsqu'il dépend d'autres rites, comme le catéchuménat ou le baptême. B) L'exorcisme public est solennel, lorsqu'il est pratiqué au nom de l'Eglise, et pour cette raison, il est pratiqué par un prêtre (par exemple Eglise Romaine) et avec autorisation de l'évêque.

L'exorcisme

La pratique de l'exorcisme remonte à une époque très lointaine. Elle est mentionnée chez les mésopotamiens, mais est aussi présente dans le chamanisme et le vaudou. Elle sera vraiment institutionnalisée dans la religion catholique.

Longtemps pratiqué à tort et à travers, à l'époque où les troubles psychologiques étaient encore méconnus, c'est une pratique aujourd'hui peu répandue.

Elle existe toujours, mais les conditions pour obtenir les services d'un prêtre exorciste sont plus strictes. Il faut en effet d'abord déterminé si l'état de la personne présentée comme étant possédée n'est en fait pas la résultante d'une pathologie psychiatrique, telle que la schizophrénie ou le trouble de personnalités multiples par exemple.

Il convient donc de passer d'abord par un test psychologique de la personne, avant d'entamer une procédure pour un exorcisme.

L'exorciste ainsi que ceux l'accompagnant durant le rituel doivent être sages, très pieux, et faire preuve d'une intégrité de vie et d'une humilité à toute épreuve, afin de résister aux mensonges du démon. Ils ne doivent pas être de nature émotive ou colérique, afin de ne pas devenir eux-mêmes la proie d'une possession démoniaque.

L'exorcisme consiste à renvoyer le démon, en utilisant la parole de Dieu. Le rituel passe donc surtout par des prières, en général récitées en latin, forçant le démon à sortir du corps qu'il possède, et à retourner dans les entrailles de la Terre.

Voici les différentes étapes d'un exorcisme :

1) Récitation par le prêtre en étole violette, dont un bout entoure le cou du possédé, d'une litanie accompagnée d'une aspersion d'eau bénite ;

2) Récitation du Psaume LIV ;(54)

3) Adjuration à la divinité et interrogation faite au démon de son nom et d'où il provient ;

4) Récitation de certains passages des Evangiles ;

5) Prononciation du premier exorcisme contre le démon, par le prêtre posant la main droite sur la tête du possédé ;

6) Prière préparatoire ;

7) Prière accompagnée de divers signes de croix sur la personne du possédé ;

8) Second exorcisme prononcé avec une certaine violence contre "l'Antique Serpent" ;

9) Nouvelle prière ;

10) Troisième et dernier exorcisme ;

11) Récitation de cantiques, de psaumes, et de prière finale.

C'est une pratique extrêmement dangereuse, que ce soit pour les pratiquants ou le possédé.

Les influences diaboliques

Dans l'action du démon, il faut distinguer une façon ordinaire et une autre extraordinaire. La première façon consiste pour le démon à pousser les hommes au péché par les tentations ; quant à la seconde façon, elle peut se traduire par les formes suivantes:

Par **L'Envoûtement**, le démon peut causer des troubles à la santé, aux biens matériels, aux affections humaines, dans le travail, dans le couple... Il se décompose en cinq degrés :

- **La Tentation** : le Malin va influencer les pensées et les actes de façon à faire dévier les Hommes du droit chemin. Il faut cependant savoir que la tentation s'appuie aussi sur nos propres faiblesses.

- **L'Obsession** : qui est une suite répétitive de tentations plus violentes et plus prolongées que les tentations ordinaires.

- **L'Infestation** : le Malin est pratiquement incarné dans la personne, qui peut avoir des visions (rêve récurent sanglant souvent point culminant à 3H00 du matin) entendre des voix qui lui suggèrent d'attenter à sa vie et à celle de son entourage.

- **L'Oppression :** le malin entraine un mal-être phycologique (dépression) et physiquement mal de tête mal de ventre ; avec les symptôme de l'infestation.

- **La Possession :** le Malin a pris possession du corps et de l'âme. Contrairement aux trois premiers degrés, la personne n'est plus consciente de ce qui lui arrive.

Avant que l'envoûtement ne soit discerné, le Malin provoque souvent des troubles physiques et psychiques, pour lesquels les traitements et les médicaments s'avèrent le plus souvent inefficaces. Parmi les maux physiques, on constate que ce sont souvent la tête et l'estomac qui sont le plus affecté. On peut également mentionner plusieurs anomalies psychiques, comme l'imperméabilité à l'égard des valeurs divines, l'aversion du sacré, l'incapacité d'éprouver une vraie contrition du péché, l'impossibilité de se concentrer pour la prière et pour la lecture de l'écriture sacrée (la sainte Bible), et les changements de comportements (angoisse, troubles du sommeil, irritabilité, agressivité, blasphème, dépendances soudaines comme l'alcoolisme, le tabagisme, la toxicomanie).

Devant cette diversité des influences du Mal, que peut bien faire le psychologue ?

Dans notre monde permissif, plusieurs deviennent sous l'influence du Mal, sans trop s'en apercevoir, en faisant des expériences du côté de la magie noir, de la sorcellerie, de l'occultisme, du spiritisme, des religions orientales, en ignorant les dangers qu'ils encourent. Par ailleurs, certains peuvent nuire à autrui par l'intervention du Malin au moyen de la magie noire, des malédictions du mauvais œil et des sorts...

Les types d'entités

1. Les démons

2. Les vampires (plan astral)

3. Les succubes (démons femelles)

4. Les incubes (démons masculins)

5. Les esprits humain (personnes décédés ou vivante)

Les démons sont des esprits non humains qui, sont opposés à la lumière divine, qui font le mal, cherchent à tromper les Hommes, pour empêcher ceux-ci à s'orienter vers la lumière.

Les vampires entités du plan astral se nourrisse de votre énergie vitale.

Les succubes sont des démons féminins qui entraînent les Hommes vert le vice, l'inceste, la perversion de même les incubes démons masculin qui font la même action. Pour les chasser il suffit de les vider de leur énergie.

Les esprits humains des personnes vivantes ou

décédés qui rentrent en possession par l'action et la volonté d'un Homme pratiquant la magie noire par exemple.

Comment reconnaître les signes d'une possession ?

Le comportement de la personne va changer, elle sera plus agressive elle ne supportera pas les objets consacrés, les hosties, crucifix médailles... elle sera mal dans les Églises et ne pourra rester lors de la consécration du pain et du vin en corps et en sang du Christ. Parfois on peut d'instiguer une ombre qui passe d'un œil à l'autre ne supportera pas la prière mentale... seul son entourage peut le constater.

Comment se protéger de l'envoûtement

Écouter des chants sacrés par exemple (chants grégoriens), musiques spirituelles par exemple (Logos, Michel Pépé), vivre serein, ne pas s'énerver, ne pas porter de jugement, avoir la joie, Prier assistait à la Messe...

Un exemple pour pratiquer l'Exorcisme

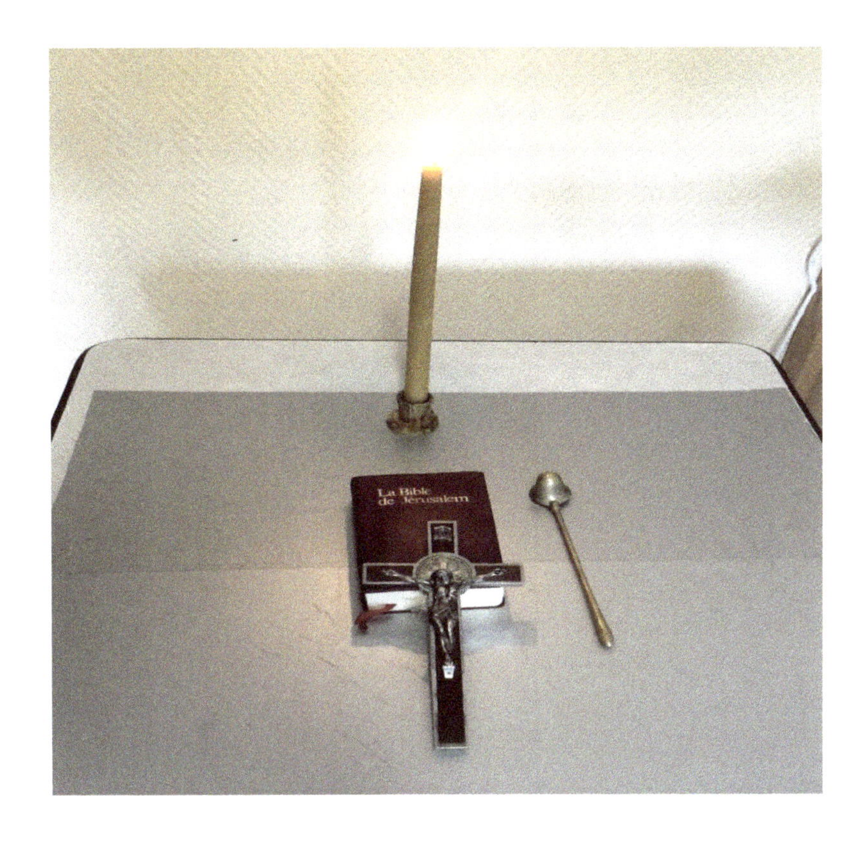

Il existe plusieurs moyens de les chasser.

À savoir l'eau bénite, le sel Exorciser les prières le crucifix (béni et purifiée)

Avant de le pratiquer se signer†

Un exorcisme se passe en 6 étapes :

1. la présence (profonde terreur psychique)
2. Faux-semblant (l’entités va tenter de se dissimuler derrière la personne du possédé)
3. point de rupture (Sommeil hypnotique)
4. la voix
5. le Combat
6. l'expulsion

Bénédiction avant l'exorcisme

Au nom du Père † du Fils † et du Saint Esprit† bénit ton serviteur (ta servante) garde le (la) à l'abri du danger et préserve-le (la) de tous mal amen seigneur prend pitié de nous au Christ prend pitié de nous seigneur prend pitié

Dieu sauve cet homme (cette Femme) ton serviteur (ta servante) car il (elle) espère en toi, Dieu soit victorieux sur lui ô Dieu écoute nous évacue ô Seigneur le pouvoir de Satan

Notre Père

Notre Père qui dans les cieux, que ton nom soit sanctifié ; que ton règne arrive ; que ta volonté soit faite sur la terre comme au ciel. Donne-nous aujourd'hui notre pain quotidien pardonne-nous nos offenses comme nous nous pardonnons à ceux qui nous ont offensés ; et ne nous laisse pas succomber à la tentation, mais délivre-nous du malin. Car c'est à toi qu'appartiennent le règne la Puissance et la Gloire dans l'Éternité des siècles Amen

MANIÈRE DE FAIRE DE L'EAU BÉNITE (Exorcisée)

EXORCISME DU SEL

Je t'exorcise, créature du sel, par le Dieu vivant †, par le Dieu vrai, † par le Dieu Saint ; † par Dieu, qui donna à son prophète Elysée l'ordre de te jeter dans l'eau pour en guérir la stérilité, afin que tu deviennes sel Exorcisé pour le salut des croyants, et que tu sois santé du corps et de l'âme pour tous ceux qui te consommeront. Que s'enfuient et s'éloignent du lieu où tu seras répandu toute présence, malice et tromperie de la ruse diabolique, tout esprit impur adjuré par celui qui viendra juger les vivants et les morts et le monde par le feu. Amen.

PRIONS

Dieu Notre Père, Éternel et Tout-Puissant, nous implorons humblement votre immense clémence : daignez en votre bonté bénir † et sanctifier † cette créature du sel que vous avez donnée au genre humain pour son usage, afin qu'il soit salut de l'esprit et du corps pour tous ceux qui la consommeront ; et que tout ce qui en sera touché ou imprégné soit exempt de toute impureté, de toute attaque des esprits de malice. Par Notre Seigneur Jésus-Christ votre Fils qui vit et règne avec vous en l'unité du Saint-Esprit pour les siècles des siècles. Amen †

EXORCISME DE L'EAU

Je t'exorcise, créature eau, au Nom de Dieu le Père Tout-Puissant † et au Nom de Jésus Christ † son Fils Notre Seigneur, et par la force du Saint Esprit † afin que tu deviennes eau Exorcisé pour mettre en fuite toute puissance de l'ennemi, et que tu puisses arracher et déraciner cet ennemi lui-même avec ses anges apostats, par la force de Notre Seigneur Jésus-Christ qui viendra juger les vivants et les morts et le monde par le feu. Amen.

PRIONS

Dieu Notre Père, qui pour le salut du genre humain avez établi sur la substance des eaux de très grands signes, soyez favorable à nos invocations et emplissez de la vertu de votre bénédiction † cet élément préparé par diverses purifications. Que votre créature, servant à vos mystères, reçoive l'efficacité de la grâce divine pour chasser les démons et repousser les maladies. Que tout ce qu'elle aspergera dans les maisons ou sur les terres des fidèles soit exempt de toute souillure et libre de don-image. Que n'y réside pas l'esprit porteur de peste, qu'il n'y corrompe pas l'air. Que s'éloignent toutes ruses de l'ennemi caché. Et s'il est quelque

Chose qui porte atteinte à l'intégrité ou au repos des habitants, que cela soit mis en fuite par l'aspersion de cette eau, afin que la salubrité obtenue par l'invocation de votre Saint Nom soit défendue

Contre toute attaque. Par Notre Seigneur Jésus-Christ votre Fils qui vit et règne avec vous en l'unité du Saint-Esprit pour les siècles des siècles. Amen.

Ici l'on mettra par trois fois le sel dans l'eau, en faisant trois signes de Croix. Que soit mélangés le sel et l'eau également :

Au Nom du Père † et du Fils † et du Saint Esprit. † Amen.

V. Le Seigneur soit avec Vous.

R. Et avec votre esprit.

PRIONS

Dieu Notre Père, source de force invincible, Roi dont rien ne surpasse l'empire, triomphateur toujours magnifique, qui réprimez les violences de la puissance adverse, qui vainquez la cruauté de l'ennemi rugissant, qui soumettez avec puissance la méchanceté de l'ennemi, humbles et tremblants, Seigneur, nous vous supplions et nous vous prions: daignez regarder ces créatures eau et sel, en votre bienveillance purifiez-les, sanctifiez-les par la rosée de votre piété, afin que, par l'invocation de votre Nom, en quelque lieu qu'ils soient répandus, toute attaque de l'esprit impur soit repoussée. Que soit chassée au loin la terreur du serpent venimeux, et, lorsque nous implorons votre Miséricorde, que la présence du Saint-Esprit daigne partout se manifester. Par Notre Seigneur Jésus-Christ votre Fils qui vit et règne avec vous en l'unité du Saint-Esprit pour les siècles des siècles. Amen.

Exorcismes

Je te conjure, Satan, ennemi du salut des hommes Reconnaît la justice et la bonté de Dieu le Père, Qui, par son juste jugement a condamné ton orgueil et ton envie ; Quitte ce serviteur (cette servante) de Dieu (ici on prononce le nom de la personne) Le Seigneur l'a fait à son image ; Il paré de ses dons

Et, par miséricorde, l'a adopté comme son fils (sa fille). Je te conjure, Satan, prince de ce monde

Reconnais la puissance et la vertu de Jésus-Christ, qui t'a vaincu dans le désert, A triomphé de toi dans le jardin ;

Sur la croix, tu as dépouillé, Et, se relevant du tombeau, A transporté tes trophées au royaume de la lumière ; Retires-toi de cette créature (ici on prononce le nom de la personne) En naissant, Il a fait d'elle son frère (sa sœur) Et en mourant, Il l'a fait(e) sien (sienne), par son sang. Je te conjure, Satan, qui trompes le genre humain Reconnais l'Esprit de la vérité et de la grâce Qui repousse tes embuscades Et embrouille tes mensonges ; Va-t'en de cet humain créé par Dieu (ici on prononce le nom de la personne) Il l'a marqué du sceau d'en haut ; Retire-toi de cet homme (de cette femme) : Dieu, par l'onction spirituelle,

A fait de lui (d'elle) un temple sacré. Retire-toi donc, Satan ! Au nom du Père, † du Fils † et du Saint Esprit ; † Retire-toi par la foi Et la prière de l'église Retires-toi par le signe de la Sainte-Croix De notre Seigneur Jésus-Christ ; Qui vit et règne pour les siècles des siècles. Amen

Le Seigneur est mon berger

Je ne manque de rien.

Sur des prés d'herbe fraîche, il me fait reposer.

Il me mène vers les eaux tranquilles et me fait revivre ;

Il me conduit par le juste chemin pour l'honneur de son nom.

Si je traverse les ravins de la mort, je ne crains aucun mal,

Car tu es avec moi

Ton bâton me guide et me rassure.

Tu prépares la table pour moi devant mes ennemis;

Tu répands le parfum sur ma tête, ma coupe est débordante.

Grâce et bonheur m'accompagnent tous les jours de ma vie j'habiterai la maison du Seigneur pour la durée de mes jours.

Au Seigneur Jésus

Ô. Jésus Sauveur, mon Seigneur et mon Dieu,

Mon Dieu et mon tout, qui nous a rachetés par le sacrifice de la Croix et as vaincu le pouvoir de Satan,

Je te prie de me délivrer de toute présence maléfique et de toute influence du Malin.,

Je te le demande par ton nom,

Je te le demande par tes plaies,

Je te le demande par ton sang,

Je te le demande par ta croix, je te le demande par l'intercession de Marie, immaculée et douloureuse.

Que le sang et l'eau qui jaillissent de ton côté descendent sur moi pour me purifier, me libérer, me guérir.

Ô. Dieu, qui a envoyé l'archange Saint-Michel pour révéler au monde que ta puissance et ta force, ont déjà anéanti les forces des ténèbres accordons-nous, par celui que nous vénérons comme protecteur et intercesseur, de croître en sainteté de vie dans l'attente du bonheur éternel. Par le Christ Notre Seigneur. Amen.

Sauve-moi, ô Christ mon Sauveur, par la vertu de la Croix†

Toi qui as sauvé Pierre au milieu des flots, aie pitié de moi.

Par le signe de la Croix†, délivre-nous de l'adversaire ;

Seigneur, notre Dieu. Par ta Croix †, sauve-nous ;

Ô. Christ Rédempteur, toi qui as détruit la mort par ta mort et nous as rendu la vie par ta résurrection.

Nous vénérons ta Croix†, Seigneur, nous rappelons ta mort et ta résurrection, toi qui as souffert pour nous, aie pitié de nous. Nous t'adorons, ô Christ,

et nous te bénissons :
par ta Croix † tu as racheté le monde

Prière à saint Benoît pour éloigner les esprits mauvais

"Au nom du Dieu Tout-Puissant, et par l'intercession de saint Benoît,

Que les Esprits mauvais s'éloignent de moi et de ceux qui me sont chers,

Et que les bons nous servent de rempart contre eux !

Esprits malfaisants qui inspirez aux hommes de mauvaises pensées ;

Esprits fourbes et menteurs qui les trompez ;

Esprits moqueurs qui vous jouez de leur crédulité,

Je vous repousse de toutes les forces de mon âme et ferme l'oreille à vos suggestions

Et j'appelle sur moi la miséricorde de Dieu.

Bons Esprits qui daignez nous assister,

Donnez-nous la force de résister à l'influence des Esprits mauvais, Et les lumières nécessaires pour n'être pas dupes de leurs fourberies.

Gardez-nous de l'orgueil et de la présomption ;

Écartez de nos cœurs la jalousie, la haine, la malveillance et tout sentiment contraire à la charité, qui sont autant de portes ouvertes à l'Esprit du Mal.

Amen.

Pour se garantir des mauvais Esprits.

Ô. Père tout-puissant ! Ô. Mère, la plus tendre des Mères ! Ô exemple admirable des sentiments & de la tendresse des Mères ! Ô. Fils, la fleur de tous les Fils ! Ô forme de toutes les formes Âme, Esprit, Harmonie & nombre de toutes choses, conservez-nous, protège-nous, conduisez-nous, & nous soyez propice

Prière de libération contre les infestations diaboliques

Ô. Père céleste, je t'exalte en ton Fils Jésus qui s'est offert sur la Croix pour le pardon de mes péchés. Je T'adore en ton Esprit saint, qui me donne la force, me guide et me conduit à la plénitude de la vie. Je Te loue à Marie, ma Mère céleste, qui intercède pour moi avec les anges et les saints.

Père Céleste, je regrette sincèrement tous mes péchés. Je Te demande pardon d'avoir manqué si souvent de justice, de charité, de vérité et d'amour fraternel. Je demande pardon pour moi-même, Pour mes parents et mes ancêtres, de tout le mal qui a été commis. Pardonne-moi de n'avoir pas servi ton honneur et de n'avoir pas su T'aimer comme tu le mérites.

Par le saint Nom de Jésus, je soustrais au pouvoir de Satan toute ma vie et tout ce qui m'appartient pour le remettre dans les mains de Jésus Christ.

Par la lumière de ton Esprit saint, donne-moi la force, ô Père, de pardonner à tous ceux qui m'ont offensé et confessé mes péchés dans une entière sincérité. Révèle- moi, ô Père, quels sont les recoins obscurs de mon âme et quelles sont les fragilités qui ont pu donner à Satan la possibilité de s'infiltrer dans ma vie.

Ô. Père céleste, je renonce à tout pécher qui a permis à Satan d'exercer son emprise sur moi et j'abandonne tout chemin conduisant au mal. Seigneur Jésus, par ton nom très saint, devant lequel tout genou fléchit au ciel, sur terre et en enfer, je chasse tous les esprits maléfiques et j'implore ta divine protection, sur moi et sur tous ceux qui m'entourent.

Par le saint Nom de Jésus, que cesse toute emprise diabolique sur moi-même, sur ma famille sur les choses qui m'appartiennent (maison, auto, etc.) et que la Croix glorieuse du Christ rétablisse partout l'amour, la paix et la liberté.

Par l'invocation du précieux sang de Jésus, je brise et défais tout lien avec les malédictions, la magie noire, les vexations, les obsessions, les infestations et les maladies d'origine diabolique.

Au Nom de Jésus, je brise et défait tout lien avec des personnes maléfiques, avec l'occultisme, les cultes sataniques et les adeptes des sectes sataniques.

Seigneur Jésus, remplis-moi de joie, de paix, de confiance, de vérité et de sagesse aide-moi à marcher dans ta lumière et dans ta vérité et fais que mes peurs et mes souffrances soient guéries par la douceur de ton Amour.

Voici, Dieu est mon salut, j'aurai confiance, je n'aurai jamais peur, parce que ma force et mon chant, c'est le Seigneur ; Il est mon salut amen !

Prière pour demander la liberté intérieure

Seigneur Jésus, que l'amour de ton cœur m'envahisse. Apprends-moi à me souvenir que, si je suis venu au monde, c'est parce que j'ai été désiré par toi et que je suis infiniment aimé de toi. Rencontre ma vie depuis le commencement où je fus conçu jusqu'à ce jour. Guéris-moi de toute blessure qui a atteint mon cœur, ma sensibilité, ma mémoire, mon imagination, mon intelligence et ma volonté. Libère mon être de tout lien, de toute chaîne qui me rend esclave du mal.

Par ton Esprit Saint, je veux vivre libre et joyeux à ton service et à celui de mes frères.

Jésus, pour la gloire du Père et par les mains de Marie, je me donne tout entier à toi, corps, âme et esprit

Prière contre le maléfice

Seigneur, notre Dieu, ô souverain des siècles, tout-puissant et omniprésent, toi qui as tout fait et qui transformes tout par ta seule volonté ; Toi qui, à Babylone, as transformé en rosée la flamme du fourneau, sept fois plus ardent, et qui a protégé et sauvé tes trois saints enfants ; Toi qui es le médecin de nos âmes ; Toi qui es le salut de ceux qui se tournent vers toi, nous te demandons et nous t'invoquons : rends vaines, chasse et mets en fuite toute-puissance diabolique, toute présence et machination satanique et toute influence maligne, ainsi que tout maléfice ou mauvais œil de personnes maléfiques ou mauvaises sur ton serviteur. Fais qu'en échange de l'envie et du maléfice il y ait abondance de biens, force, succès et charité. Seigneur, toi qui aimes les hommes, étends tes mains puissantes et tes bras très hauts et puissants, et viens secourir et visiter ton image, envoyant sur elle l'ange de la paix, protecteur puissant de l'âme et du corps, qui tiendra éloignée et chassera n'importe quelle force malfaisante, n'importe quel poison et maléfice de personnes corruptrices et envieuses, afin que celui qui te supplie puisse chanter avec gratitude. Le Seigneur est mon secours, Je n'aurai pas peur de ce que peut me faire l'homme. » Oui, Seigneur, notre Dieu, aie pitié de ton image et sauve ton serviteur... par l'intercession de la Mère de Dieu et toujours Vierge Marie, des archanges resplendissants et de tous tes Saints amen

Prière pour bénir les lieux de vie et de travail

Visite, ô Père, notre maison (magasin, bureau...) et éloigne de nous les embûches de l'ennemi. Que les saints anges nous gardent dans la paix et que ta bénédiction demeure toujours sur nous. Par le Christ, notre Seigneur.

Amen.

Si le démon et encore dans le corps dit par l'autorité du créateur et de notre seigneur Jésus-Christ je te purifie par la Lumière divine inéchangeable et dite je t'envoie au purgatoire maintenant

Et le démon quittera le corps physique.

Seigneur Jésus-Christ, toi qui as commandé à tes apôtres d'invoquer la paix sur ceux qui habitent les maisons dans lesquelles ils entreraient, sanctifie, nous t'en prions, cette maison à travers notre prière confiante.

Répands sur elle tes bénédictions et l'abondance de la paix. Que le salut vienne en elle, comme il est venu dans la maison de Zachée lorsque tu y es entré.

Charge tes anges de la garder et de chasser loin d'elle tout pouvoir du Malin.

Accorde à tous ceux qui habitent cette maison de te plaire par leurs œuvres de vertu, afin de mériter, quand l'heure sera venue, d'être accueillis dans ta céleste demeure. Nous te le demandons par le Christ, notre Seigneur.

Amen

Prière pour libérer les lieux (maison) et les personnes infestées

Cette prière est particulièrement indiquée quand on a introduit chez soi des sorciers ou des personnes douteuses, accepter de leur part des talismans, porter des amulettes ou des porte-bonheurs, ou encore quand la maison a été témoin de spiritisme, de drames de sang ou de violences (meurtres, suicide, blasphèmes, etc.)

Je me mets en présence de Notre Seigneur Jésus-Christ, et me soumets à Sa Majesté.

Je me revêts de l'armure de Dieu pour pouvoir résister aux ruses du diable. Je me dresse fermement, les reins ceints de la vérité et revêtu de la cuirasse de ! à justice... Je garde toujours en mains le bouclier de la Foi avec lequel je puis éteindre tous les traits enflammés du Malin. Je prends aussi le casque du salut et l'épée de l'Esprit qui est la parole de Dieu. (Ep 6.13-17).

Ô. Jésus Crucifié, mort et ressuscité, pour la gloire de votre nom, je Vous prie d'enchaîné † tous les esprits malins : de l'air, de l'atmosphère, de l'eau, du feu, de la terre, de sous la terre et des enfers. Abolissez aussi l'influence de toute âme perdue ou errante qui serait ici, ainsi que de tout envoyé de la puissance satanique ou de quelques groupes de sorcières, magiciens ou adorateur de Satan qui puisse être pris sous une forme préternaturelle. J'invoque le sang de Jésus : dans l'air, dans le feu, dans le vent, sur la terre et sur tous ses fruits, dans les abîmes et dans les enfers.

Seigneur Jésus, en votre Nom, empêchez † les ennemis que j'ai nommés de communiquer entre eux ni de se porter mutuellement aucun secours. Empêchez-les de communiquer avec moi, et de faire quoi que ce soit qui n'ait été commandé en votre Nom. Seigneur Jésus, scellez de votre sang : ce lieu, tous ceux qui sont présents, leurs familles, leurs amis, leurs biens et leurs ressources. (Répéter 3 fois) Seigneur Jésus, empêchez † tous les esprits errants, toutes les sorcières, toutes les sectes sataniques et leurs émissaires, séides ou chefs de royaumes, de me faire du mal ou de se venger sur moi, sur ma famille, sur mes amis ou encore de ne rien endommager de ce qui nous appartient.

Seigneur Jésus, par les mérites de votre Précieux sang, brisez † et faites disparaître † tous maléfices, talisman, sortilège, stratagème, mensonge, artifice, lien, empêchement ou obstacle ; toute magie, malédiction, tromperie, déviation ou distraction, attaches où influencent des esprits démoniaques.

Terrassez † aussi, Seigneur, toutes maladies du corps, de l'âme et de l'esprit présentes en nous et en ce lieu, qu'elles aient été causées par nos propres péchés et nos erreurs ou encore provoquées par qui que ce soit. (Répéter 3 fois) Maintenant, je plante † la Croix de Jésus-Christ dans ma personne et dans toutes les générations qui m'ont précédé, et j'ordonne † et j'exige † que par la puissance du nom de Jésus cesse toute communication directe entre ces générations ; mais que chacune de ces communications soit filtrée au travers du Précieux sang de notre Seigneur. Que Marie Immaculée me revête de la lumière, de la puissance et de la force de sa foi. Père saint, je Vous supplie de donner à vos Anges et à vos saints l'ordre de me venir en aide. Je rends grâces au Christ qui est ma sagesse, ma justice, Ma Sainteté et mon salut. Et je me confie au ministère de l'Esprit saint pour qu'Il guérisse toute ma lignée. Gloire soit au Père, au Fils et au Saint-Esprit. Comme il était au commencement, maintenant et toujours et dans les siècles des siècles. Amen

BÉNÉDICTION DE L'ENCENS

Créature de l'encens, je t'exorcise par le Père Tout-Puissant † par Jésus Christ† son Fils Premier-né, et par le Saint- Esprit † Paraclet : afin que soient chassés de toi toute ruse, méchanceté ou malice du diable, et que tu deviennes un remède salutaire au genre humain contre les pièges de l'ennemi. Et pour que tous ceux qui useront de ton aide secourable (soit dans leurs locaux) dans leurs maisons ou même en le portant sur eux soient par la vertu et les mérites de Notre Seigneur et Sauveur, par l'intercession de sa Très Sainte Mère la Vierge Marie, ainsi que celle de tous les saints libérés de tous dangers de l'âme et du corps, et méritent de jouir des biens éternels. Amen.

Dieu Notre Père, invisible et infini, nous implorons et supplions votre pitié : par le saint et terrible Nom de votre Fils, répandez sur cette créature encens la bénédiction et l'action de votre vertu. Faites que ceux qui en useront soient préservés de toute attaque, maladie ou blessure ; que restent éloignées toutes affections du corps et de l'âme ; enfin qu'aucun péril ne leur advienne, ô Dieu qui dans la Trinité parfaite vivez et régnez pour les siècles des siècles. Amen Et que la bénédiction de Dieu Tout-Puissant, Père†, Fils† et Saint Esprit†, descende sur cette créature d'encens et y demeure à jamais. Amen

2 éme **BÉNÉDICTION POUR L'Encens**

Par l'intercession du Bienheureux Michel Archange qui se tient à la droite de l'autel de l'encens, et de tous ses élus, que le Seigneur daigne bénir† cet encens et le recevoir en parfum agréable. Qu'il devienne pour vos serviteurs que Vous avez rachetés par le Précieux Sang de votre Fils, nous Vous en prions Seigneur Dieu, par ses mérites, ceux de la Bienheureuse Vierge Marie, des Saints Anges et de tous les saints, un secours perpétuel contre tous les esprits malins, toutes les incantations magiques, les attaques et les tourments diaboliques ; et qu'en tout lieu où sera répandu le parfum de cet encens, ne puisse perdurer aucun maléfice ni aucune molestation du démon, par ces mêmes mérites des saints qui intercèdent pour nous ; mais qu'ils soient immédiatement ôtés et éloignés par votre grande puissance et votre force. Par Notre Seigneur Jésus Christ† votre Fils, qui étant Dieu vit et règne avec Vous en l'unité du Saint-Esprit, pour les siècles des siècles. Amen.

Bénédiction de st Benoît

Je t'exorcise par† Dieu le Père Tout-puissant, qui a fait le ciel et la terre, la mer et tout ce qu'ils renferment : Que toute puissance de l'ennemi, toute force armée du diable, toute incursion et tout fantasme de Satan soient arrachés et chassés de cette médaille, afin qu'à tous ceux qui s'en serviront, elle procure le salut de l'âme et du corps. Au nom du Père Tout-puissant, et de Jésus-Christ Notre Seigneur† et de l'Esprit Saint Consolateur†, dans l'amour de ce même Seigneur Jésus Christ, qui viendra juger les vivants et les morts et fera passer le siècle par le feu amen

Dieu Tout-puissant, dispensateur de tout bien, nous vous supplions instamment, par l'intermédiaire de Notre Père Saint Benoît, de répandre votre bénédiction sur cette médaille, afin que tous ceux qui la porteront et s'appliqueront aux bonnes œuvres méritent d'obtenir la santé de l'âme et du corps, la grâce de la sanctification, et les indulgences qui nous ont été concédées; qu'ils puissent avec le secours de votre miséricorde, échapper à toutes les embûches et tromperies du démon, et se présenter un jour, saints et sans tache, devant votre Face. Par le Christ, Notre Seigneur. Amen

BÉNÉDICTION SOLENNELLE DES IMAGES, CROIX, MÉDAILLES, STATUES...

Dieu Notre Père, Éternel et Tout-Puissant, Vous n'avez pas interdit de sculpter ou de peindre l'image de vos saints, pour qu'en les regardant avec les yeux de notre corps, nous puissions chaque fois nous rappeler leur vie et méditer leur sainteté. Daignez† bénir et rendre† sainte cette image [ou statue] destinée à rappeler et honorer votre Fils unique, Notre Seigneur Jésus-Christ [ou la bienheureuse Vierge Marie, Mère de Notre Seigneur Jésus-Christ, ou votre bienheureux apôtre..., martyr..., évêque..., confesseur..., bienheureuse vierge...]. Faites que tous ceux qui penseront, en la voyant, à honorer et vénérer votre Fils unique, [ou la bienheureuse Vierge, le glorieux apôtre, martyr, évêque, confesseur, la glorieuse vierge, ou martyre] obtiennent de Vous, par ses mérites et sa protection, la grâce dans la vie présente et la gloire éternelle dans la vie future. Par Jésus-Christ, notre Seigneur et notre Dieu, qui vit et règne avec Vous en l'unité du Saint-Esprit, pour les siècles des siècles. Amen.

BÉNÉDICTION DE LA MÉDAILLE MIRACULEUSE

Dieu Notre Père, Tout-Puissant et Miséricordieux, qui par les nombreuses apparitions sur la terre de l'Immaculée Vierge Marie, avez voulu œuvrer plus efficacement au salut des âmes : nous Vous prions de répandre votre bénédiction† sur cette médaille ; afin que ceux qui les porteront avec piété et dévotion en éprouvent la protection et jouissent de votre Miséricorde. Par Notre Seigneur Jésus-Christ votre Fils qui vit et règne avec vous en l'unité du Saint-Esprit pour les siècles des siècles. Amen.

Prière pour chasser d'une habitation tout mauvais esprit et tout bruit suspect

Signer† aux 4 points cardinaux (au 4 coin de la pièce)

Je te chasse mauvais esprit du mal et je te somme† par le Dieu vrai†, par le Dieu vivant†, par le Dieu Saint † de sortir et de t'éloigner de ce lieu pour n'y plus revenir. Je te l'ordonne au nom de Celui qui t'a vaincu et qui triomphe de toi sur le gibet de la croix et dont la puissance t'a lié à jamais. Je t'ordonne de ne plus épouvanter ceux qui habitent cette demeure, au nom de Dieu Père †, et Fils† et Saint Esprit† qui vit et règne dans tous les siècles des siècles. Amen. Nous vous en supplions Seigneur, visitez cette demeure et chassez-en bien loin toute embûche de l'ennemi. Que vos Saints Anges y habitent, nous conservant dans la Paix et que votre bénédiction soit toujours avec nous, Ainsi soit-il

BÉNÉDICTION D'UNE MAISON

Nous vous prions et supplions, Vous qui êtes notre Dieu et notre Père Tout-Puissant, pour cette maison, ceux qui l'habitent et tout ce qu'elle contient. Veuillez la† bénir, et là† sanctifier, veuillez aussi la combler de tous les biens : accordez-lui, Seigneur, l'abondance de la rosée du ciel ainsi que ce dont elle a besoin pour qu'on y vive correctement. Comblez les désirs de tous ceux qui comptent sur votre Miséricorde. Avec notre entrée, veuillez† bénir, et† sanctifier cette demeure comme Vous avez bien voulu bénir la maison d'Abraham, d'Isaac et de Jacob. Ordonnez à vos Anges de lumière d'habiter dans ses murs et de la garder ainsi que tous ceux qui l'habitent. Par Notre Seigneur Jésus-Christ votre Fils qui vit et règne avec vous en l'unité du Saint-Esprit pour les siècles des siècles. Amen

Exorcisme du souverain pontife Léon XIII

Au nom du Père, et du Fils, et du Saint-Esprit. Amen.

Psaume 67

Que Dieu se lève et que ses ennemis soient dispersés ! Et que fuient devant sa Face ceux qui le haïssent !

Comme s'évanouit la fumée qu'ils disparaissent Comme fond la cire en face du feu, ainsi périssent les méchants devant la Face de Dieu !

Psaume 34

Juge Seigneur, ceux qui me nuisent ; combats ceux qui me combattent !

Qu'ils aient honte et soient confus, ceux qui en veulent à ma vie!

Qu'ils reculent et soient confondus, ceux qui méditent mon malheur !

Qu'ils soient comme la poussière face au vent ! et que l'Ange du Seigneur les pourchasse ! Que leur chemin soit ténèbres et glissade ! Et que l'Ange du Seigneur les poursuive !

Car sans raison ils ont caché contre moi leur filet de mort ; ils ont fait à mon âme des reproches inconsistants. Que la perte les surprenne ; que le filet qu'ils ont caché les prenne ; et qu'ils tombent dans leur propre piège !

Et mon âme exultera dans le Seigneur, jubilera en son salut. Gloire au Père, et au Fils, et au Saint-Esprit !

Comme il était au commencement, maintenant et toujours, et dans tous les siècles des siècles ! Amen

Prière à Saint Michel

Très glorieux Prince de l'armée céleste, Saint Michel Archange, défendez-nous dans le combat et la lutte qui est la nôtre contre les Principautés et les Puissances, contre les souverains de ce monde de ténèbres, contre les esprits de malice répandus dans les airs (Eph. 6, 10-12). Venez en aide aux hommes, que Dieu a créés incorruptibles, et faits à Son image et ressemblance, et rachetés à si haut prix de la tyrannie du démon (Sg. 2, 23 - I Cor. 6, 20). Combattez aujourd'hui, avec l'armée des Anges bienheureux, les combats du Seigneur, comme vous avez combattu jadis contre le chef de l'orgueil Lucifer et ses anges rebelles ; et ils n'eurent pas le dessus, et on ne trouva plus leur place dans le ciel. Mais il fut jeté, ce Grand dragon, l'antique serpent, celui qu'on appelle diable et Satan, celui qui égare le monde entier ; et il fut jeté sur la terre, et ses anges furent jetés avec lui (Apoc. 12, 8-9). Voilà que cet antique ennemi et homicide s'est dressé avec véhémence. Déguisé en ange de lumière, avec toute la horde des mauvais esprits, il parcourt et envahit la terre profondément, afin d'y effacer le nom de Dieu et de Son Christ, et de voler, tuer et perdre de la mort éternelle les âmes destinées à la couronne de la gloire éternelle. Le poison de sa malice, comme un fleuve répugnant, le dragon malfaisant le fait couler dans des hommes à l'esprit dépravé et au cœur corrompu ; esprit de mensonge, d'impiété et de blasphème ; et souffle mortel de la luxure et de tous les vices et iniquités. - L'Église, épouse de l'Agneau immaculé, des ennemis très rusés l'ont saturée d'amertume et abreuvée d'absinthe ; ils ont porté leurs mains impies sur tout ce qu'elle a de plus précieux. Là où a été établi le Siège du bienheureux Pierre et la Chaire de la Vérité pour la lumière des nations, là ils ont posé le trône de l'abomination de leur impiété ; de sorte qu'en frappant le Pasteur, ils puissent aussi disperser le troupeau. Soyez donc là, Chef invincible, auprès du peuple de Dieu, contre les assauts des forces spirituelles du mal, et donnez- lui la victoire ! C'est vous que la Sainte Eglise vénère comme son gardien et son patron. Vous qu'elle se fait gloire d'avoir comme défenseur contre les puissances criminelles de la terre et de l'enfer. C'est à vous que le Seigneur a confié les âmes rachetées pour les introduire dans la céleste félicité. Conjurez le Dieu de paix d'écraser Satan sous nos pieds, afin qu'il ne puisse plus retenir les hommes dans ses chaînes, et nuire à l'Église. Présentez au Très-Haut nos prières, afin que, bien vite, nous préviennent les miséricordes du Seigneur, et que vous saisissiez le dragon, l'antique serpent, qui est le diable et Satan, et que vous le jetiez enchaîné dans l'abîme, en sorte qu'il ne puisse plus jamais séduire les nations (Apoc.20 :3)

C'est pourquoi, comptant sur votre main forte et votre protection, de par l'autorité sacrée de notre sainte Mère l'Église, nous entreprenons avec confiance et sûreté, au nom de Jésus-Christ, notre Dieu et Seigneur, de repousser les attaques et les ruses du démon.

Voici la Croix du Seigneur, fuyez, Puissances ennemies !

R. Il a vaincu, le Lion de la tribu de Juda, le Rejeton de David

V. Que votre miséricorde, Seigneur s'exerce sur nous !

R. Dans la mesure de notre espérance en vous.

V. Seigneur, exaucez ma prière

R. Et que mon cri parvienne jusqu'à vous.

V. Le Seigneur soit avec vous.

R. Et avec votre esprit.

Prions

Dieu et Père de Notre Seigneur Jésus-Christ, nous invoquons votre Saint Nom, et nous lançons un appel suppliant à votre bonté : afin que par l'intercession de Marie Immaculée, Mère de Dieu et toujours Vierge, de Saint Michel Archange, de Saint Joseph, Époux de la même Vierge Sainte, des Saints Apôtres Pierre et Paul et de tous les Saints, vous daigniez nous accorder votre secours contre Satan et tous les autres esprits impurs qui rôdent dans le monde pour nuire au genre humain et perdre les âmes. Par le même Christ Notre Seigneur. Amen !

Exorcisme

Nous t'exorcisons, Esprit immonde, qui que tu sois : Puissance satanique, invasion de l'ennemi infernal, légion, réunion ou secte diabolique, au nom et par la puissance de Notre Seigneur Jésus-Christ†, sois arraché et chassé de l'Église de Dieu, des âmes créées à l'image de Dieu et rachetées par le précieux sang du divin Agneau Rédempteur†. N'ose plus désormais, perfide serpent, tromper le genre humain, persécuter l'Église de Dieu, ni secouer et cribler comme le froment les élus de Dieu. Il te commande, le Dieu Très-Haut auquel, dans ton fol orgueil, tu prétends encore qu'on t'égale, Lui qui veut que tous les hommes soient sauvés et arrivent à la connaissance de la Vérité (I Tim. 2, 4). Il te commande, Dieu le Père†; Il te commande, Dieu le Fils†; Il te commande, Dieu le Saint- Esprit†. Elle te commande, la majesté du Christ, Verbe éternel de Dieu fait chair†, Lui qui, pour le salut de notre race, perdue par ta jalousie, s'est abaissé et rendu obéissant jusqu'à la mort (Phil. 2, 8) ; Lui qui a bâti son Eglise sur la pierre solide, et proclamé que les portes de l'enfer ne prévaudront jamais contre elle, voulant demeurer lui-même avec elle tous les jours, jusqu'à la consommation des siècles

(Mt 28, 20). Ils te commandent le Signe de la Croix † et la vertu de tous les mystères de la foi chrétienne†. Elle te commande, la Très-Haute Mère de Dieu, la Vierge Marie†, elle qui, dès le premier instant de son Immaculée Conception, a écrasé, par son humilité, ta tête folle d'orgueil. Elle te commande, la foi des saints Apôtres Pierre et Paul, et des autres Apôtres†. Ils te commandent, le sang des martyrs et l'affectueuse intercession de tous les saints et saintes†. Or donc, dragon maudit et toute légion diabolique, nous t'adjurons par le Dieu Vivant†, par le Dieu Vrai†, par le Dieu Saint†, par ce Dieu qui a tant aimé le monde, qu'il lui a donné son Fils unique, afin que quiconque croit en lui ne périsse pas, mais ait la Vie éternelle (Jn 3, 16) : cesse de tromper les créatures humaines et de leur verser le poison de la damnation éternelle ; cesse de nuire à l'Église et de mettre des entraves à sa liberté. Va-t'en, Satan, inventeur et maître de toute tromperie, ennemi du salut des hommes ! Cède la place au Christ, en qui tu n'as rien trouvé de tes œuvres. Cède la place à l'Église, une, sainte, catholique et apostolique, que le Christ lui - même a acquise au prix de son Sang. Humilie-toi sous la puissante main de Dieu. Tremble et fuis, à l'invocation faite par nous du saint et terrible Nom de Jésus, qui fait trembler les enfers ; à qui les Vertus des Cieux, les Puissances et les dominations sont soumises ; que les Chérubins et les Séraphins louent dans un concert inlassable, disant : Saint, Saint, Saint est le Seigneur, le Dieu des Armées.

V. Seigneur, exaucez ma prière.

R. Et que mon cri parvienne jusqu'à Vous. V. Le Seigneur soit avec vous.

R. Et avec votre esprit.

Prions

Dieu du Ciel, Dieu de la terre, Dieu des Anges, Dieu des Archanges, Dieu des Patriarches, Dieu des Prophètes, Dieu des Apôtres, Dieu des Martyrs, Dieu des Confesseurs, Dieu des Vierges,

Dieu qui avez le pouvoir de donner la vie après la mort, le repos après le travail ; parce qu'il n'y a pas d'autre Dieu que Vous, et qu'il ne peut y en avoir si ce n'est Vous, le Créateur de toutes les choses visibles et invisibles, Vous dont le règne n'aura pas de fin ; avec humilité nous supplions votre glorieuse majesté de daigner nous délivrer puissamment et nous garder sains et saufs de tout pouvoir, piège, mensonge et méchanceté des Esprits infernaux. Par Jésus-Christ Notre Seigneur.

Amen

Des embûches du démon, délivrez-nous, Seigneur! Accordez à votre Église la sécurité et la liberté pour Vous servir : Nous Vous en supplions, écoutez-nous.

Daignez humilier les ennemis de la Sainte Église Nous vous en supplions, écoutez-nous. Et l'on asperge le lieu d'eau bénite Que Dieu se lève et que ses ennemis soient dispersés ! Et que fuient devant Sa Face ceux qui Le haïssent ! Comme s'évanouit la fumée, qu'ils disparaissent ! Comme fond la cire en face du feu, ainsi périssent les méchants devant la Face de Dieu !

Psaume 34 Juge, Seigneur, ceux qui me nuisent ; combats ceux qui me combattent !

Qu'ils aient honte et soient confus, ceux qui en veulent à ma vie !

Qu'ils reculent et soient confondus, ceux qui

méditent mon malheur !

Qu'ils soient comme la poussière face au vent ! et que l'Ange du Seigneur les pourchasse !

Que leur chemin soit ténèbres et glissade ! et que l'Ange du

Seigneur les poursuive !

Car sans raison ils ont caché contre moi leur filet de mort ; ils ont fait à mon âme des reproches inconsistants

Au nom du Seigneur Jésus, notre Sauveur bien-aimé, au nom de sa Passion, de sa descente aux enfers et de sa résurrection, donne aux âmes les plus égarées la grâce de l'Esprit-Saint pour qu'elles soient délivrées de leur aveuglement.

Puisque l'Esprit intercédé pour nous en gémissements ineffables, qu'il vienne laver ce qui est souillé, assouplir ce qui est raide, redresser ce qui est tordu, dans notre cœur comme dans les cœurs de tous nos frères les hommes, rachetés par le sang du Christ, lui qui vit et règne avec toi dans la communion de l'Esprit-Saint maintenant et pour les siècles des siècles

GRAND EXORCISME DU RITUEL ROMAIN

Après avoir invoqué le Saint-Esprit, et s'être muni du signe de Croix avec l'eau bénite, on dira les Litanies des Saints:

Seigneur, ayez pitié de nous

Jésus-Christ, ayez pitié de nous

Seigneur, ayez pitié de nous

Jésus-Christ, écoutez-nous

Jésus-Christ, exaucez-nous

Père céleste qui êtes Dieu, ayez pitié de nous

Fils, Rédempteur du monde qui êtes Dieu, ayez pitié de nous

Esprit Saint qui êtes Dieu, ayez pitié de nous

Trinité Sainte qui êtes le seul Dieu, ayez pitié de nous

Sainte Marie, priez pour nous

Sainte Mère de Dieu, priez pour nous

Sainte Vierge des vierges, priez pour nous

Saint Michel, priez pour nous

Saint Gabriel, priez pour nous

Saint Raphaël, priez pour nous

Tous les saints Anges et Archanges, priez pour nous

Tous les saints Ordres des Esprits bienheureux, priez pour nous
Saint Jean-Baptiste, priez pour nous
Saint Joseph, priez pour nous
Tous les saints Patriarches et Prophètes, priez pour nous
Saint Pierre, priez pour nous
Saint Paul, priez pour nous
Saint André, priez pour nous
Saint Jacques, priez pour nous
Saint Jean, priez pour nous
Saint Thomas, priez pour nous
Saint Jacques, priez pour nous
Saint Philippe, priez pour nous
Saint Barthélémy, priez pour nous
Saint Matthieu, priez pour nous
Saint Simon, priez pour nous
Saint Jude, priez pour nous
Saint Matthias, priez pour nous
Saint Barnabé, priez pour nous
Saint Luc, priez pour nous
Saint Marc, priez pour nous
Tous les saints Apôtres et Evangélistes, priez pour

nous

Tous les saints Disciples du Seigneur, priez pour nous

Tous les saints Innocents, priez pour nous

Saint Etienne, priez pour nous

Saint Laurent, priez pour nous

Saint Vincent, priez pour nous

Saints Fabien et Sébastien, priez pour nous

Saints Jean et Paul, priez pour nous

Saints Côme et Damien, priez pour nous

Saints Gervais et Protais, priez pour nous

Tous les saints Martyrs, priez pour nous

Saint Sylvestre, priez pour nous

Saint Grégoire, priez pour nous

Saint Ambroise, priez pour nous

Saint Augustin, priez pour nous

Saint Jérôme, priez pour nous

Saint Martin, priez pour nous

Saint Nicolas, priez pour nous

Tous les saints Pontifes et Confesseurs, priez pour nous

Tous les saints Docteurs, priez pour nous

Saint Antoine, priez pour nous

Saint Benoît, priez pour nous
Saint Bernard, priez pour nous
Saint Dominique, priez pour nous
Saint François, priez pour nous
Tous les saints Prêtres et Lévites, priez pour nous
Tous les saints Moines et Ermites, priez pour nous
Sainte Marie-Madeleine, priez pour nous
Sainte Agathe, priez pour nous
Sainte Lucie, priez pour nous
Sainte Agnès, priez pour nous
Sainte Cécile, priez pour nous
Sainte Catherine, priez pour nous
Sainte Anastasie, priez pour nous
Toutes les saintes Vierges et Veuves, priez pour nous
Tous les Saints et les Saintes de Dieu, intercédez pour nous
(L'on pourra ajouter)
Pour qu'il vous plaise de délivrer des infestations du démon cette créature rachetée par votre Sang précieux, de grâce écoutez-nous
Pour qu'il vous plaise de libérer votre créature des tourments du démon et de la bénir, de grâce

écoutez-nous

Pour qu'il vous plaise de libérer votre créature du pouvoir du démon, de la bénir et de la garder, de grâce écoutez-nous.

Ant. Ne vous souvenez pas, Seigneur, de nos fautes ni de celles de nos pères. Ne nous tenez pas rigueur de nos péchés.

Notre Père.

PSAUME 53

Ô Dieu, par votre nom sauvez-moi et par votre vérité rendez-moi justice;

Seigneur, exaucez ma prière, prêtez l'oreille aux paroles de ma bouche.

Car des étrangers se sont élevés contre moi, des puissants en veulent à ma vie; et ils n'ont pas mis Dieu devant leurs yeux.

Mais voici que Dieu vient à mon secours; et le Seigneur est mon soutien.

Faites retomber le mal sur mes ennemis; et dans votre vérité, détruisez-les.

De tout cœur, je vous offrirai des sacrifices; et je louerai votre Nom, Seigneur, parce qu'il est bon.

Parce que vous m'avez retiré de toute tribulation,
et sur mes ennemis il a jeté un regard de mépris.
Gloire au Père, au Fils et au Saint-Esprit.
V. Sauvez votre serviteur (servante).
R. Mon Dieu, qui espère en vous.
V. Soyez lui, Seigneur, une forteresse inexpugnable.
R. Contre tout ennemi.
V. Que l'ennemi ne l'emporte pas contre lui (elle).
R. Et que le fils d'iniquité ne puisse lui nuire.
V. Envoyez-lui votre aide, Seigneur, depuis votre sanctuaire
R. Et de Sion protégez-le (la).
V. Seigneur, exaucez ma prière.
R. Et que mon cri parvienne jusqu'à vous.

PRIONS

O DIEU qui vous plaisez à toujours avoir pitié et à pardonner, recevez la prière que nous vous adressons pour votre serviteur N. (ou votre servante) enserré(e) dans les liens du péché, afin que votre bienveillante compassion le (la) délivre avec bonté. SEIGNEUR Saint, Père Tout-Puissant, Dieu éternel, Père de Notre-Seigneur Jésus-Christ, qui avez assigné au feu de la géhenne ce tyran fugitif et apostat et envoyé votre Fils unique en ce monde pour qu'il écrase ce fauve rugissant, venez vite à notre secours, hâtez-vous d'arracher à la ruine et au démon de midi l'homme créé à votre image et à votre ressemblance. Envoyez, Seigneur, votre terreur sur la bête qui ravage votre vigne. Donnez confiance à vos serviteurs, pour qu'ils combattent avec un grand le dragon très pernicieux, de crainte qu'il ne méprise ceux qui espèrent en vous et courage ne dise comme Pharaon autrefois: «Je ne connais pas Dieu, et je ne laisse pas partir Israël. » Que votre droite puissante le presse de s'en aller de votre serviteur N. (votre servante) † afin qu'il n'ose retenir captif plus longtemps celui (celle) que vous avez daigné faire à votre image et que vous avez racheté(e) dans votre Fils qui, étant Dieu, vit et règne avec vous en l'unité du Saint-Esprit pour les siècles des siècles. Amen.

JE T'ORDONNE, qui que tu sois, esprit impur, à toi et à tous tes alliés qui assiégez ce serviteur de Dieu, - par les Mystères de l'Incarnation, de la Passion, de la Résurrection et de l'Ascension de Notre-Seigneur Jésus-Christ, par la descente du Saint-Esprit, et le retour de Notre-Seigneur pour le jugement - de me dire ton nom, le jour et l'heure de ta sortie, par quelque signe, et de m'obéir en tout comme ministre de Dieu, malgré mon indignité; et de ne léser en aucune manière cette créature de Dieu, non plus que ceux qui l'entourent ainsi que leurs biens.

Lecture du saint Évangile selon saint Jean (Jn 1, 1-14)

Au COMMENCEMENT était le Verbe, et le Verbe était auprès de Dieu, et le Verbe était Dieu. Il était au commencement avec Dieu. Tout a été fait par lui, et rien de ce qui a été créé ne l'a été sans lui. En lui était la vie, et la vie était la lumière des hommes; et la lumière luit dans les ténèbres et les ténèbres ne l'ont pas reçue. Il y eut un homme envoyé de Dieu dont le nom était Jean. Il vint comme témoin pour rendre témoignage à la lumière, afin que tous croient par lui. Il n'était pas lui-même la lumière, mais venait rendre témoignage à la lumière. Le Verbe était la vraie lumière qui illumine tout homme venant en ce monde. Il était dans le monde, et le monde a été fait par lui, et le monde ne l'a pas connu. Il est venu chez les siens et les siens ne l'ont pas reçu. Mais à tous ceux qui l'ont reçu, il a donné pouvoir de devenir enfants de Dieu, à ceux qui croient en son Nom. Ceux-ci ne sont nés ni du sang, ni de la volonté de la chair, ni du vouloir de l'homme, mais ils sont nés de Dieu. Et le Verbe s'est fait chair, et il a habité parmi nous, et nous avons vu sa gloire, cette gloire qu'il tient de son Père comme Fils unique, plein de grâce et de vérité.

Lecture du saint Évangile selon saint Marc (Mc16, 15-18)

EN CE TEMPS-LA, Jésus dit à ses disciples: «Allez par le monde entier, proclamez l'Évangile à toute créature. Celui qui croira et sera baptisé sera sauvé, mais celui qui ne croira pas sera condamné. Et voici les signes qui accompagneront ceux qui auront cru: en mon Nom, ils chasseront les démons, ils parleront des langues nouvelles, ils prendront dans leurs mains des serpents, et s'ils boivent quelque poison mortel, ils n'en éprouveront aucun mal; ils imposeront les mains aux malades et ceux-ci seront guéris. »

Lecture du saint Évangile selon saint Luc (Lc 10, 17-20)

EN CE TEMPS LÀ, les soixante-douze disciples revinrent dans la joie disant à Jésus: « Seigneur, même les démons nous sont soumis en ton Nom. » Et il leur répondit: «Je voyais Satan tomber du ciel comme l'éclair. Voici, je vous ai donné pouvoir de fouler au pied les serpents et les scorpions et toute la puissance de l'ennemi, et rien ne vous nuira. Pourtant, ne vous réjouissez pas de ce que les esprits vous soient soumis, réjouissez-vous plutôt de ce que vos noms sont inscrits dans les cieux. »

Lecture du saint Évangile selon saint Luc (Lc 11, 14-22)

EN CE TEMPS-LA, Jésus chassait un démon et celui-là était muet. Le démon une fois sorti, le muet se mit à parler et les foules étaient dans l'admiration. Mais quelques-uns d'entre eux dirent: « C'est par

Beelzéboul le prince des démons qu'il chasse les démons.» Et d'autres pour l'éprouver lui réclamaient un signe venant du ciel. Lui, cependant, connaissant leurs pensées, leur dit: « Tout royaume divisé contre lui-même va à sa ruine, et les maisons tombent l'une sur l'autre. Si donc Satan est divisé contre lui-même, comment son royaume tiendra-t-il? puisque vous dites que c'est par Beelzéboul que je chasse les démons. Si c'est par Beelzéboul que je chasse les démons, vos fils, par qui les chassent-ils? c'est pourquoi ils seront eux-mêmes vos juges. Mais si c'est par le doigt de Dieu que je chasse les démons, c'est que le Royaume de Dieu est arrivé jusqu'à vous. Quand un homme fort et bien armé garde sa maison, ses biens sont en sécurité. Mais que survienne un plus fort qui l'emporte, il lui arrache toutes ses armes en lesquelles il mettait sa confiance et il partage ses dépouilles. »

V. Seigneur, exaucez ma prière.

R. Et que mon cri parvienne jusqu'à vous.

PRIONS

SEIGNEUR Tout-Puissant, Verbe de Dieu le Père, Christ Jésus, Dieu et Seigneur de toute créature, qui avez donné à vos Apôtres le pouvoir de fouler aux pieds serpents et scorpions, qui parmi tous les autres préceptes de vos merveilles avez daigné dire: « Démons, fuyez », vous par la force de qui

Satan a été précipité comme l'éclair du haut du ciel, c'est avec crainte et tremblement, que je supplie humblement votre Saint Nom: daignez accorder à l'indigne serviteur que je suis, après m'avoir remis toutes mes fautes, une foi constante et la force qui me permette, muni de la puissance de votre saint bras, d'avancer avec confiance et sûreté contre ce cruel démon: par vous Jésus-Christ Seigneur notre Dieu, qui viendrez juger les vivants et les morts et le monde par le feu. Amen.

V. Voici la Croix du Seigneur † fuyez, puissances ennemies.

R. Il a vaincu, le Lion de la tribu de Juda, le rejeton de David.

V. Seigneur, exaucez ma prière.

R. Et que mon cri parvienne jusqu'à vous.

PRIONS

DIEU et Père de Notre-Seigneur Jésus-Christ, j'invoque votre Saint Nom et j'implore en suppliant votre clémence: daignez venir à mon aide contre cet esprit et contre tout esprit impur qui tourmente cette créature qui vous appartient. Par ce même Notre-Seigneur Jésus-Christ votre Fils qui, étant Dieu, vit et règne avec vous en l'unité du Saint-Esprit dans les siècles des siècles. Amen.

PREMIER EXORCISME

JE T'EXORCISE, esprit très impur, toute incursion de l'adversaire, toute présence, toute légion, au Nom de Notre-Seigneur Jésus-Christ ✝ , sois arraché et chassé de cette créature de Dieu. ✝. II te l'ordonne lui-même Celui qui t'a commandé de plonger du plus haut des cieux dans les abîmes de la terre. Il te l'ordonne lui-même Celui qui a commandé aux vents et aux tempêtes. Obéis donc et crains, Satan, adversaire de la foi, ennemi du genre humain, guide de la mort, voleur de la vie, destructeur de la justice, source des maux, racine des vices, séducteur des hommes, vendeur des nations, fomenteur de haine, origine de la cupidité, cause de la discorde, incitateur des ruses. Que restes-tu et résistes-tu, lorsque tu sais que le Christ Seigneur réduit tes forces à néant? Crains Celui qui fut immolé en Isaac, vendu en Joseph, tué en l'agneau, crucifié en l'homme, puis triompha des enfers. Retire-toi donc au nom du Père ✝ et du Fils ✝ et du Saint-Esprit ✝. Cède la place à l'Esprit Saint par ce signe ✝ de la Croix de Notre-Seigneur Jésus-Christ qui, étant Dieu, vit et règne avec le Père et le même Esprit dans les siècles des siècles. Amen.

V. Seigneur, écoutez ma prière.

R. Et que mon cri parvienne jusqu'à vous.

DIEU créateur et défenseur du genre humain, qui avez formé l'homme à votre image, regardez votre serviteur N. (votre servante N.) que cherchent à atteindre les ruses de l'esprit impur, que l'antique adversaire, le vieil ennemi de la terre, entoure par son vol d'un horrible effroi, frappant de stupeur l'intelligence humaine qu'il bouleverse de terreur et agite par la crainte d'une tremblante peur. Repoussez, Seigneur, la force du diable, ôtez ses fraudes et ses pièges, que s'enfuie au loin le tentateur impie. Que votre serviteur (votre servante) soit préservé(e) par ce signe † de votre Nom et protégé(e) dans son âme et dans son corps. Remplissez-le † de courage. Donnez-lui † la maîtrise de soi. Affermissez † son cœur. Que disparaissent de son âme les tentations de la puissance adverse. À l'invocation de votre Nom très saint, Seigneur, donnez votre grâce pour que s'enfuie terrifié celui qui jusqu'à ce jour terrifiait, qu'il s'avoue vaincu, et qu'enfin votre serviteur (servante) puisse, le cœur affermi et l'esprit sincère vous offrir l'hommage qu'il vous doit. Par Notre-Seigneur Jésus-Christ votre Fils qui, étant Dieu, vit et règne avec vous en l'unité du Saint-Esprit dans tous les siècles des siècles. Amen.

DEUXIÈME EXORCISME

JE T'ADJURE, vieux serpent, par le Juge des vivants et des morts, par ton Créateur, par le Créateur du monde, par Celui qui a le pouvoir de t'envoyer dans la géhenne, d'avoir à t'éloigner sans tarder, avec crainte et avec l'armée de ta fureur, de ce serviteur de Dieu N. (cette servante N.) qui recourt au sein de l'Église. Je t'adjure à nouveau † non par ma faiblesse, mais par la force de l'Esprit Saint, de te retirer de ce serviteur (cette servante) de Dieu N., que le Dieu Tout-Puissant a fait à son image. Cède donc, cède non pas à moi mais au ministre du Christ. Car la puissance qui te presse, c'est celle de Celui qui, fixé sur la Croix, t'a soumis. Tremble devant son bras qui, après avoir vaincu les gémissements de l'enfer, ramena les âmes à la lumière. Que le corps de l'homme te soit objet de terreur †. Que l'image de Dieu te soit d'effroi † . Ne résiste plus, ne tarde pas davantage à t'éloigner de cet homme, puisqu'il a plu à Dieu d'habiter en l'homme. Et ne crois pas devoir me mépriser parce que tu me sais pécheur. C'est Dieu † qui te le commande. C'est la Majesté du Christ †qui te le commande. Dieu le Père † te le commande. Dieu le Fils † te le commande. Dieu l'Esprit Saint † te le commande. Le mystère de la Croix † te le commande. La foi des saints Apôtres Pierre et Paul † et des autres saints te le commande. Le sang des Martyrs † te le commande. La résistance des Confesseurs † te le commande. La pieuse intercession de tous les Saints et Saintes † te le commande. La force des Mystères de la foi chrétienne † te le commande. Sors donc, transgresseur, sors séducteur, débordant de ruse et de fausseté, ennemi de la vertu, persécuteur des innocents. Cède la place, toi le cruel, cède la place, toi l'impie, cède la place au Christ en qui tu n'as rien trouvé de tes œuvres, qui te dépouilla, qui détruisit ton règne, qui t'ayant vaincu, te lia et brisa tes vases, qui t'a rejeté dans les ténèbres extérieures, où l'effondrement est déjà préparé pour toi et tes ministres. Mais que résistes-tu en ta violence? Que rétorques-tu en ta témérité? Tu es accusé devant le Dieu Tout-Puissant dont tu as transgressé les décrets. Tu es accusé devant son Fils Notre-Seigneur Jésus-Christ que tu as osé tenter et en ta présomption fit crucifier. Tu es accusé devant le genre humain à qui tes persuasions ont inoculé le poison de la mort. Je t'adjure donc, dragon vicieux, au Nom de l'Agneau ✝ immaculé qui marcha sur l'aspic et le basilic, qui piétina le lion et le dragon, de t'éloigner de cet homme ✝, de t'éloigner de l'Église de Dieu ✝. Tremble et fuis à l'invocation du Nom du Seigneur devant qui tremblent les enfers, à qui sont soumises les Vertus célestes, les Puissances et les Dominations, que les Chérubins et les Séraphins louent inlassablement en disant: «Saint, Saint, Saint, Seigneur Dieu Sabaoth.» Le Verbe fait chair ✝ te l'ordonne. Jésus le Nazaréen ✝ te l'ordonne, lui qui, alors que tu avais méprisé ses disciples, te commanda de sortir de l'homme, expulsé et terrassé. En sa présence, lorsqu'il te séparait de l'homme, tu n'as pas eu honte de te précipiter dans un troupeau de porcs. Adjuré en son

Nom ✝: va-t'en maintenant de l'homme qu'il a lui-même créé! Il est dur pour toi de vouloir résister ✝. Il est dur pour toi de regimber à l'aiguillon †. Parce que plus tu tardes à sortir, plus ton supplice augmente, car ce ne sont pas les hommes que tu méprises, mais le Seigneur des vivants et des morts qui viendra les juger ainsi que le monde par le feu. Amen.

V. Seigneur, exaucez ma prière.
R. Et que mon cri parvienne jusqu'à vous.

PRIONS

DIEU du ciel, Dieu de la terre, Dieu des Anges, Dieu des Archanges, Dieu des Patriarches, Dieu des Prophètes, Dieu des Apôtres, Dieu des Martyrs, Dieu des Confesseurs, Dieu des Vierges, Dieu qui avez le pouvoir de donner la vie après la mort, le repos après le labeur, parce qu'il n'y a pas d'autre Dieu que vous et qu'il ne peut y avoir de vrai Dieu sinon vous, le Créateur du ciel et de la terre qui êtes le vrai roi et dont le règne n'aura pas de fin, je supplie humblement la Majesté de votre gloire de bien vouloir libérer votre serviteur des esprits immondes. Par le Christ Notre-Seigneur. Amen.

TROISIÈME EXORCISME

JE T'ADJURE donc, tout esprit impur, toute présence, toute incursion de Satan, au Nom de Jésus-Christ ✝ de Nazareth –qui, après le baptême du Jourdain fut conduit au désert et te vainquit sur tes propres terres - de cesser tes attaques contre celui qu'il a formé du limon de la terre en l'honneur de sa gloire. Vois et crains dans cet homme misérable, non l'humaine fragilité mais l'image du Dieu Tout-Puissant. Cède donc à Dieu ✝, qui en Pharaon et en son armée t'a plongé dans l'abîme par Moïse son serviteur, toi et ta malice. Cède à Dieu ✝ qui, grâce aux cantiques spirituels de son très fidèle serviteur David, t'a mis en fuite et expulsé du roi Saul. Cède à Dieu ✝, qui en Judas Iscariote le traître t'a condamné. C'est lui, en effet, qui t'atteint de ses coups divins, lui à la vue duquel criant et tremblant avec tes légions tu disais: « Qu'y a-t-il entre nous et toi, Jésus, Fils du Dieu Très-Haut? Es-tu venu pour nous tourmenter avant le temps? » II te pousse dans les flammes éternelles, Celui qui dira aux impies à la fin des temps: «Éloignez-vous de moi, maudits, allez au feu éternel préparé pour le diable et pour ses anges. » C'est bien pour toi en effet, impie, et pour tes anges que seront les vers qui ne meurent jamais. Pour toi et tes anges est préparé un incendie inextinguible, parce que tu es le premier des homicides maudits. Tu es l'auteur de l'inceste, le chef des sacrilèges, le maître des pires actions, le docteur des hérésies, l'inventeur de toute obscénité. Sors donc ✝ impie, sors ✝ criminel, sors avec toute ta ruse, parce que Dieu a voulu faire de l'homme son temple. Mais que tardes-tu ici plus longtemps? Rends hommage au Dieu Père Tout-Puissant ✝ devant qui tout genou fléchit. Cède la place au Seigneur Jésus-Christ ✝, qui pour l'homme a versé son Sang très sacré. Cède la place à l'Esprit Saint ✝, qui par son bienheureux Apôtre Pierre t'a publiquement terrassé en Simon le magicien et condamné ta ruse en Ananie et Saphire, lui qui t'a frappé dans le roi Hérode qui ne rendait pas hommage à Dieu, lui qui par son Apôtre Paul t'anéantit dans le mage Elimas par les ténèbres de la cécité, et par lui d'un mot te commandant, t'ordonna de sortir de la pythonisse. Va-t'en donc maintenant ✝, va-t'en ✝ séducteur. Ta place est au désert. Ton habitation c'est le serpent: humilie-toi et prosterne-toi. Il n'est plus temps d'attendre. Voici, en effet, que le Seigneur Maître est tout proche, le feu brûlera devant lui, le précédera et enflammera ses ennemis alentour. Car si tu as trompé l'homme, tu ne pourras pas te moquer de Dieu. Il t'expulse, Celui aux yeux de qui rien n'est caché. Il te chasse, lui le Maître de l'univers. Il t'exclut Celui qui a préparé la géhenne éternelle pour toi et tes anges. De sa bouche sortira un glaive aigu quand il viendra juger les vivants et les morts et le monde par le feu. Amen.

PRIÈRE APRÈS LA LIBÉRATION

FAITES, Dieu Tout-Puissant, que l'esprit d'iniquité n'ait plus de pouvoir sur votre serviteur N. (votre servante N.), mais qu'il s'enfuie et ne revienne pas. Que sur votre ordre, Seigneur, celui-ci (celle-ci) soit pénétré(e) de la bonté et de la paix de Notre-Seigneur Jésus-Christ, par lequel nous avons été rachetés, en sorte que nous n'ayons plus à redouter aucun mal, parce que le Seigneur est avec nous; lui qui vit et règne avec vous, en l'unité du Saint-Esprit, pour les siècles des siècles. Amen. On peut terminer par la prière Notre-Dame Reine des Anges, l'invocation du Précieux Sang de Jésus et l'aspersion de l'eau bénite sur soi, et alentour. Amen.

Prière contre l'enfer

Dieu notre Père, tu veux que tous les hommes soient sauvés et parviennent à la connaissance de la vérité. Nous te prions pour le salut éternel de tous ceux qui peuvent et pourront encore être sauvés jusqu'à la fin du monde.

Libère-nous des péchés mortels, ces fruits mauvais de nos passions. Gardez-nous du péché, avec l'aide de l'l'Esprit-Saint, qui forme le noyau dur de l'enfer. Arrache-nous nos cœurs à l'engrenage de l'illusion et du désespoir. Apprends-nous à résister jusqu'au sang dans notre lutte contre le mal.

Ouvre nos yeux sur les ruses du Malin qui se déguise en ange de lumière et nous tente sous l'apparence du bien.

Nous te confions spécialement les pervers les plus endurcis pour que là où le péché abonde, la grâce surabonde. Avec la Vierge Marie, les saints, et toute l'Église, nous t'offrons pour eux, des prières, des renoncements, des actes de foi, d'espérance et de charité. Au nom du seigneur jésus christ, notre sauver bien aimé, au nom de sa passion, de sa descente en enfers et de sa résurrection, donne aux âmes les plus égarées la grâce de l'esprit-saint pour quelle soient délivrées de leurs aveuglement.

Puisque l'esprit intercédé pour nous en gémissements ineffable, qu'il vienne laver ce qui et souillé, assouplir ce qui est raide, dans notre cœur, comme dans le cœur de tous nos frères les hommes racheter, par le sang du christ lui qui vie et règne avec toi dans la communion de l'esprit-saint maintenant et pour les siècles des siècles. amen.

Prière de St Jean Chrysostome

« Ô Dieu Tout-Puissant, éloignez et chassez au loin tout démon pervers et malsain » :

Prions le Seigneur : Dieu éternel, qui avez délivré le genre humain de la servitude du diable, délivrez Votre serviteur .... (Votre servante ....) de toute influence des esprits malsains ; ordonnez aux démons, aux esprits impurs et pervers, de s'éloigner du corps et de l'âme de Votre serviteur .... (Votre servante ....), de ne pas y demeurer, ni de s'y cacher ; mais par Votre Saint Nom, celui de votre Fils unique et par votre Vivifiant Esprit, qu'ils soient chassés de l'œuvre de Vos mains, afin que, purifié(e) de toute emprise diabolique, il (elle) puisse vivre avec piété, dans la justice et la sainteté, et soit digne de recevoir les Mystères immaculés de votre Fils unique et notre Dieu, avec lequel Vous êtes béni † et glorifié, ainsi que votre Très-Saint, Bon et Vivifiant Esprit, maintenant et toujours, et dans les siècles des siècles. Amen.

Vous qui avez rappelé à l'ordre tous les esprits impurs, et chassé, par la puissance de votre Parole, celui qui est légion, rendez-vous manifeste encore maintenant, par votre Fils unique, sur la créature que Vous avez formée à Votre image, et mettez fin à l'obsession (ou la possession) de l'adversaire, afin que, prise en pitié et purifiée, elle rejoigne Votre saint troupeau et soit gardée comme temple vivant de l'Esprit de Votre divine Sanctification. Par la Grâce, la Miséricorde et l'Amour pour les hommes de votre Fils unique, avec lequel Vous êtes béni †, ainsi que votre Très-Saint, Bon et Vivifiant Esprit, maintenant et toujours, et dans les siècles des siècles. Amen.

Nous Vous invoquons, ô Maître, Dieu Tout-Puissant, Très-Haut, Inaccessible, Roi pacifique ; nous Vous invoquons, Vous qui avez fait le ciel et la terre : de Vous, en effet, est issu l'alpha et l'oméga, le commencement et la fin. Seigneur, qui avez permis que les quadrupèdes et les animaux sans raison obéissent aux hommes, puisque Vous les leur avez soumis, étendez Votre main puissante, Votre bras élevé et saint, et, du haut du ciel, regardez cette créature qui Vous appartient. Envoyez-lui un ange de Paix, un ange fort, gardien de son âme et de son corps, qui éloigne et chasse au loin tout démon pervers et malsain. Car Vous êtes le seul Seigneur, Très-Haut, Tout-Puissant et béni †, dans les siècles des siècles. Amen.

Exorcisme :
Voici la divine, la sainte, la grande adjuration, l'appel redoutable et solennel que nous lançons pour ton expulsion, apostat, ainsi que l'ordre, ô diable, de ta disparition :
Que le Dieu Saint, sans commencement, redoutable, invisible par nature, incomparable en Sa puissance, insaisissable en Sa divinité, le Roi de Gloire, le Maître Tout-Puissant te chasse, Lui qui, par sa Parole, a constitué avec succès l'univers,

l'amenant du non-être à l'existence, Lui qui s'avance sur les ailes du vent.
Il te commande ✝ le Seigneur qui fait évaporer l'eau de la mer et la fait retomber en pluie sur la terre : Seigneur des Puissances, tel est son Nom.
Il te commande ✝ le Seigneur que servent avec crainte et que louent les innombrables et flamboyantes armées des cieux, qui est adoré avec tremblement et glorifié par les nombreux chœurs des anges et des archanges.
Il te commande ✝ le Seigneur que vénèrent les Puissances qui l'entourent, ainsi que les Chérubins aux multiples yeux et les Séraphins aux six ailes, qui des deux premières se couvrent le visage à cause de l'insoutenable vision de la Divinité, des deux dernières se couvrent les pieds pour ne pas être brûlés par l'ineffable gloire et l'insaisissable Majesté, et des deux autres volent, emplissant le ciel de leur chant : « Saint, Saint, Saint, le Seigneur des Armées ; le ciel et la terre sont remplis de Ta gloire. »
Il te commande ✝ le Seigneur Dieu et Verbe qui est descendu du ciel, du sein du Père et qui, par son Incarnation virginale, immaculée, sainte, adorable et ineffable, a paru de manière inexprimable dans le monde pour le sauver ; c'est Lui qui, par sa Toute-Puissance, t'a précipité du haut du ciel et fait de toi l'universel réprouvé.
Il te commande ✝ le Seigneur qui a dit à la mer : silence et calme ! si bien qu'à son ordre elle s'est

tout de suite apaisée.

Il te commande ✝ le Seigneur qui, de Sa salive très pure, fit de la boue et rendit la lumière à l'aveugle.

Il te commande ✝ le Seigneur qui, par sa Parole, a ressuscité la fille du chef de synagogue et arraché le fils de la veuve au gosier de la mort pour le rendre à sa mère sain et sauf.

Il te commande ✝ le Seigneur qui, des morts, a fait surgir Lazare, le quatrième jour, intact et sans corruption, à la stupeur d'un grand nombre, comme s'il n'était pas mort.

Il te commande ✝ le Seigneur qui, souffleté, a mis fin à la malédiction et qui, le flanc percé par la lance, fit reculer le glaive flamboyant qui gardait le paradis.

Il te commande ✝ le Seigneur qui, par les crachats lancés contre sa Sainte Face, a essuyé toutes larmes de nos visages.

Il te commande ✝ le Seigneur qui a planté la Croix pour l'affermissement et le salut du monde, mais aussi pour ta chute et celle des anges qui te sont soumis. Il te commande ✝ le Seigneur qui, par le cri poussé sur la Croix, fit que le voile du Temple s'est déchiré, que les rochers se sont fendus, que les sépulcres se sont ouverts et que sont ressuscités des morts ensevelis depuis des siècles.

Il te commande ✝ le Seigneur qui est descendu aux enfers et qui en a secoué les tombeaux, libérant les captifs qu'ils retenaient et les rappelant à Lui ; ce que voyant, les geôliers furent épouvantés et, se cachant, échappèrent à ce combat. Il te commande ✝ le Seigneur qui est monté aux Cieux glorieusement vers son Père, et siège sur le Trône de gloire à la droite de la Majesté Divine. Il te commande ✝ le Seigneur qui reviendra dans Sa gloire sur les nuées du ciel avec ses Saints Anges pour juger les vivants et les morts. Il te commande ✝ le Seigneur qui a préparé le feu inextinguible, le ver qui ronge sans répit et les ténèbres extérieures pour le châtiment éternel. Il te commande ✝ le Seigneur devant qui l'univers tremble et frémit face à Sa puissance, ne pouvant soutenir la colère qui te menace.

Le Seigneur Lui-même te commande ✝ de par son Nom redoutable : tremble, frémis, frisonne, retire-toi, disparais, prend la fuite, toi qui es tombé du ciel entraînant avec toi les esprits du mal : tout esprit mauvais, esprit d'insolence et de méchanceté, esprit nocturne, esprit diurne, paraissant à midi ou le soir, esprit de minuit, créateur d'illusion, esprit agressif, terrestre ou aquatique, hantant les bois, les roseaux, les ravins, les croisements, les carrefours, les étangs, les fleuves, les maisons, traversant les cours et les lieux publics, troublant et altérant l'esprit des hommes ; en bref, retire-toi de ce serviteur (cette servante) de Dieu, …………., de son esprit, de son âme, de son cœur, de ses reins, de ses sens, et de tous ses membres, afin que – rendu(e) à la santé, intact(e), libre, reconnaissant(e) envers son Maître et Créateur, le Dieu de tous qui a rassemblé les égarés et leur a donné la marque du salut par la régénération et le renouveau du saint Baptême, – il (elle) soit rendu(e) digne de ses Mystères saints, célestes et redoutables, uni(e) à son troupeau véritable, établi(e) en un lieu de fraîcheur, nourri(e) près des eaux du repos, guidé(e) sûrement par le Bon Pasteur sous la houlette de la Croix, pour la rémission de ses péchés et la vie éternelle. Car à Sa Majesté sont dus toute gloire, tout honneur et toute adoration, ainsi qu'à son Père éternel † et à son Très-Saint, Bon et Vivifiant Esprit, maintenant et toujours et dans les siècles des siècles. *Ainsi soit-il.*

Explication des lettres sur la croix de saint Benoît : (Saint Patron des Exorcistes)

- C S P B: «Crux Sancti Patris Benedicti»: Croix du saint Père Benoît.
- C S S M L: «Crux Sacra Sit Mihi Lux»: Que la croix sacrée me serve de lumière.
- N D S M D: «Non Draco Sit Mihi Dux»: Que le dragon ne me soit pas un guide.
- V R S N S M V: «Vade Retro Satana, Numquam Suade Mihi Vana»: Arrière Satan, ne me tente jamais de choses vaines.
- S M Q L I V B: «Sunt Mala Quae Libas, Ipse Venena Bibas»: Ce que tu offres est mauvais, bois toi-même tes poisons.

PAX: Paix est parfois remplacé par IHS: Iesus Homo Salvator ou, de façon plus communément admise: Iesus, Hominum Salvator («Jésus Sauveur des hommes»).

Bénédiction médaille de saint Benoit

Je t'exorcise par ✝ Dieu le Père Tout-puissant, qui a fait le ciel et la terre, la mer et tout ce qu'ils renferment : Que toute puissance de l'ennemi, toute force armée du diable, toute incursion et tout fantasme de Satan soient arrachés et chassés de cette médaille, afin qu'à tous ceux qui s'en serviront, elle procure le salut de l'âme et du corps. Au nom ✝ du Père Tout-puissant, et ✝ de Jésus-Christ Notre Seigneur et ✝ de l'Esprit Saint Consolateur, dans l'amour de ce même Seigneur Jésus Christ, qui viendra juger les vivants et les morts et fera passer le siècle par le feu. ✝ Amen.

✝ Dieu Tout-puissant, dispensateur de tout bien, nous vous supplions instamment, par l'intermédiaire de (Notre Père) Saint Benoît, de répandre votre bénédiction sur cette médaille, afin que tous ceux qui la porteront et s'appliqueront aux bonnes œuvres méritent d'obtenir la santé de l'âme et du corps, la grâce de la sanctification, et les indulgences qui nous ont été concédées; qu'ils puissent, avec le secours de votre miséricorde, échapper à toutes les embûches et tromperies du démon, et se présenter un jour, saints et sans tache, devant votre Face. Par le Christ, Notre Seigneur. ✝ Amen.

APPENDICE

Encens vient du latin incensum qui signifie : " chose brûlée " Les trois types d'encens :

1. Les encens aux herbes

Tout encens constitué à base d'herbes, fleurs ou baies séchées que l'on brûle sur du charbon ou que l'on peut retrouver en bâton ou en cône.

Exemple : anis étoilé, jasmin, sauge, baies de genévrier

2. Les encens de bois

Tout encens constitué de copeaux ou d'écorces de bois que l'on brûle sur du charbon ou que l'on peut retrouver en bâton ou en cône.

Exemple : cèdre, cannelle, bois de santal

3. Encens résineux

Tout encens constitué de résine ou de gomme que l'on brûle sur du charbon ou que l'on peut retrouver en bâton ou en cône.

Exemple : oliban, myrrhe, résine de pin, gomme arabique.

La Sauge

La Sauge purifie les ENERGIE et l'aura des personnes fait partie des encens de mercure

Accroît sa longévité et la sagesse, assure protection. Exauce les souhaits utilisés pour la divination

Le Benjoin

Le Benjoin, a une odeur balsamique sucrée, elle ressemble un peu à celle de la vanille.

Cette résine est employée en mélange car toute seule son odeur n'est pas très agréable (elle brûle rapidement et dégage une fumée piquante). On peut la mélanger a du bois de Santal par exemple. L'odeur du Benjoin réconforte l'âme et apporte une sensation de paix intérieure.

Bois de santal :

Fait partie de la lune, amour, joie, protection aphrodisiaque, éveil de sens, Chance Offrande pour attirer les bons esprits.

Citron :

Favorise la purification, assure la longévité, accroît l'amitié.

Coco :

Fait partie du soleil, Assure la purification, garanti la chasteté, Cyclamen : Accroît la fertilité, assure le bonheur

Cyprès :

Fait partie de saturne

Assure la guérison et longévité, attire la protection

Oliban

Il renforce toute action magique. C'est un encens pur et universel, Il engendre de très hautes vibrations qui le font entrer en résonance avec les plus hautes sphères. Excellent pour les rituels d'adoration, d'évolution d'exorcisme, de purification, de consécration, de protection, etc. Il favorise aussi le voyage astral et incite à la méditation métaphysique.

Les fumigations d'oliban sont conseillées à ceux qui se trouvent face à un problème apparemment impossible à résoudre. L'oliban est utilisé lors de cérémonies religieuses. Utilisez l'oliban pour la méditation, l'inspiration et pour purifier des lieux et des objets. Les fumées dégagées clarifient l'atmosphère.

Sang de Dragon

Malgré son nom, c'est une résine d'un palmier. La résine est de couleur rouge foncé, brillante. Ce mystérieux encens, est utilisé dans des rituels destiné à combattre de puissantes énergies négatives. Cette substance sert à la fois d'offrande et de protection, mais elle est rarement brûlée seule car elle produit une épaisse fumée noire. Dans les mélanges, le sang de dragon renforce, le pouvoir de purification de l'oliban.

Storax

L'encens en grains Storax protège des énergies négatives. Il favorise la responsabilité et la fidélité. On utilise l'encens Storax en fumigation sur une pastille de charbon ardent.

Où les trouver ?

Vous pouvez acheter des pierres et encens dans des boutique ésotérique comme Lithos Mana 5 rue Raspail 87000 LIMOGES France.

Bryan NICOT né à Limoges (87) commune de la Haute-Vienne, le 22 août 1996.

Il commence son chemin initiatique à l'âge de 15 ans, par le magnétisme en soulage son entourage de petits maux, très vite il se retrouva pied au mur, il va alors réaliser son premier exorcisme. Il commence par l'imposition des mains en prie. Il se spécialise dans l'hypnose et la géobiologie. devient prêtre de l'église gnostique primitif et se réfère aux cinq sciences anciennes. Depuis ce jour, il a fait de sa quête la lumière divine.

Le livre des exorcismes

Ce recueille contient des Prières, des Bénédictions et des Exorcismes pour vous aider, à reconnaitre et différencier le type d'entité ainsi que comment y faire face à défaut de Prêtre.

Que Dieu vous bénisse, vous protège et vous garde dans le chemin la lumière et la vérité

Je suis la voie la vérité et la vie, nul ne vient au Père que par moi. Si vous m'aviez connu, vous auriez connu mon Père ; mais bientôt vous le connaîtrez et vous l'avez déjà vu (Jean 14 :6)

Je suis l'Alpha et l'Oméga, le premier et le dernier, le commencement et la fin (Apocalypse 22 :13)

Je suis la résurrection et la vie : celui qui croit en moi, encore qu'il soit mort, il vivra. (Jean 11 :25)

PRIX : 26 EUROS

Milton Keynes UK
Ingram Content Group UK Ltd.
UKHW022236130923
428611UK00002B/17

9 781447 741626